LE COUSIN HYPERACTIF

Jean Gervais

Le Cousin hyperactif

Illustrations de Caroline Merola

Boréal Jeunesse

Les Éditions du Boréal sont inscrites au Programme
de subvention globale du Conseil des Arts du Canada
et reçoivent l'appui de la SODEC.

L'auteur tient à remercier l'Université du Québec à Hull
pour sa participation à la réalisation de cet ouvrage.

Collection dirigée par Danielle Marcotte

Diffusion au Canada : Dimedia
Distribution et diffusion en Europe : les Éditions du Seuil

© Les Éditions du Boréal
Dépôt légal : 3ᵉ trimestre 1996
Bibliothèque nationale du Québec

Données de catalogage avant publication (Canada)

Gervais, Jean, 1946-
    Le Cousin hyperactif
    (Collection Dominique)
    ISBN 2-89052-793-X

    1. Hyperactivité – Romans pour la jeunesse. I. Merola, Caroline. II. Titre. III.
Collection : Gervais, Jean, 1946- . Collection Dominique.

PS8563.E7244C68   1996   jC843'.54   C96-940864-1
PS9563.E7244C68   1996
PZ23.647CO   1996

À Anouk…

*… Benoît, Cathou, Nicolas, Francis, Mélanie,
Guillaume, Vincent, Julien, Marie-Andrée,
Annie, Nathalie, Matthieu, Jean-François,
Emmanuel, Élisabeth, Esther, Julie, Marc-Antoine,
Sébastien, Marie-Ève, François…*

– C'est le cahier le plus dégoûtant que j'aie vu ! Ton nom, c'est quoi ? demande M. Beausoleil.

M. Beausoleil est le nouveau professeur de cinquième année. Il remplace Madeleine, en congé pour quelques semaines.

– Sébastien, monsieur.

« Depuis qu'il est dans ma classe, il n'en finit plus d'avoir des problèmes », songe Dominique en entendant la voix de son cousin.

C'est le père de Sébastien qui a eu l'idée d'inscrire les deux cousins à la même école. Il avait dit : « Ça aidera Sébastien qu'il soit dans la même classe que Dominique et, comme cela, il aura au moins un ami. » Dans l'autre école, Sébastien n'en avait aucun. Et ça n'allait plus. Il était toujours en punition. Il passait son temps dans le bureau du directeur qui lui répétait qu'il agissait sans réfléchir. Selon lui, Sébastien disait n'importe quoi et faisait tout ce à quoi il pensait sans se soucier des règlements de la classe.

À présent, Dominique doit subir les commentaires de ses amis. Parce que Sébastien est SON cousin. Après les : « C'est vrai que c'est ton cousin ? », il y a eu les : « C'est quoi son problème ? » Il faut dire qu'il est un peu spécial, le cousin. Il fait tout plus vite que les autres : il marche plus vite, parle plus vite, joue plus vite. Il est du genre agité, quoi !

— Sébastien qui ? continue M. Beausoleil.

— Sébastien Desautels.

Le professeur prend le cahier chiffonné. Simon ricane déjà. Les feuilles se détachent et volent autour de M. Beausoleil. Quelques élèves s'esclaffent. Simon rit très fort et regarde autour de lui pour être bien sûr que tout le monde rigole aussi.

M. Beausoleil s'adresse à Sébastien :

– Regarde-moi ça! Et tu trouves ça drôle?

Sébastien sourit bêtement, la bouche pleine d'encre bleue.

– Il n'y a pas que ton cahier qui soit dégoûtant, qu'est-ce que tu as mangé?

Puis, il regarde les mains de Sébastien :

– Ma parole, il en a partout! Va te laver, misère!

Sébastien a de l'encre sur les mains et les bras, donc il y en a plein sur son cahier. Cette manie qu'il a de ronger ses crayons! Gêné, il quitte la classe.

Seul au lavabo, il se lave péniblement. Il se dit que, encore une fois, il a l'air d'un idiot et se demande comment retourner dans la classe. C'est plus fort que lui, il ne fait que des bêtises. Il n'est ici que depuis trois semaines et il a déjà des problèmes. Comme à son ancienne école ! Il hait l'école !

En classe, heureusement, les élèves sont penchés sur leur cahier, alors personne ne remarque son retour, sauf Dominique qui surveillait parce qu'il était inquiet. Il avait peur que Sébastien ne revienne pas, parce que toute la classe avait ri de lui. Pour Dominique, c'est la pire des humiliations ! Il aime bien son cousin, même s'il est un peu bizarre ! C'est bien

triste qu'il ait des problèmes avec tout le monde. Même si Dominique est d'accord pour dire que Sébastien fait toujours des gaffes, Simon est bien cruel de rire de lui.

M. Beausoleil aperçoit Sébastien :

— Tu en a mis du temps, la dictée est commencée ! Tu t'assois et tu écris ce que je dis !

« Les chaînes qui retenaient le bateau ont lâché subitement. Le marin le plus expérimenté, virgule, un dénommé Marcos, virgule, tenta... »

Pendant que M. Beausoleil dicte son texte, Sébastien cherche un crayon. Il en avait deux, c'est sûr ! Où est l'autre ? La tête dans son pupitre, il cherche sans succès au milieu d'un grand fouillis de livres et de papiers. Il finit par trouver, dans un coin, un petit crayon tout rongé, la mine cassée.

M. Beausoleil continue : « Les vagues arrachèrent ce qu'il restait d'amarres pendant que le capitaine... »

Sébastien hésite, puis il se rend à l'avant de la classe pour effiler son crayon. Il tourne la manivelle du taille-crayon qui gruge bruyamment le bois. En même temps, il compte sur le calendrier du babillard les semaines qui restent avant les vacances de Noël. C'est comme cela dans la tête de Sébastien, ses pensées changent et se promènent sans cesse. Il songe toujours à plusieurs choses à la fois. Il a complètement oublié la dictée de M. Beausoleil! En regardant le calendrier, il se rappelle la fête de Noël chez tante Monique, puis celle de l'an d'avant, chez l'oncle André.

Sébastien observe son crayon qu'il tient maintenant du bout des doigts. Il rapetisse dangereusement. Par chance, il en reste juste assez pour qu'il puisse le tenir. Il regarde l'intérieur du taille-crayon. Complètement plein! C'est pour ça que cela effile si mal! Il décide alors de le vider. Pendant qu'il le démonte, la sciure de crayon tombe sur le plancher. Alors il rapproche la poubelle avec son pied. Dans un bruit assourdissant, elle se renverse et roule pendant que s'en échappent des papiers…

Assis au fond de la classe, Simon n'a pas manqué de suivre des yeux les déplacements de Sébastien. Il trouve qu'on s'amuse beaucoup à l'école depuis l'arrivée du cousin de Dominique. Devant sa maladresse, il rit plus fort que jamais. Gêné pour son cousin, Dominique fait semblant de ne rien voir.

— SÉBASTIEN ! Misère ! qu'est-ce que tu fais ? demande M. Beausoleil qui avait jusque-là décidé de l'ignorer.

— Je vide le taille-crayon, répond Sébastien qui ne comprend pas du tout la colère de son professeur. Après tout, il ne fait pas exprès pour créer des ennuis.

— On se reverra, toi et moi ! Va t'asseoir !

M. Beausoleil continue sa dictée : « Le bateau commença à sombrer lentement pendant que, virgule, désespérément, virgule, ceux qui n'avaient pas encore quitté… »

Sébastien s'installe à son bureau et fait des signes à Dominique.

– On va ensemble au parc après l'école, O.K. ?

– O.K.! répond Dominique.

Pour ce qui est de faire des sauts à bicyclette, Sébastien, il est super. Pas peureux! Un vrai cascadeur!

Puis Sébastien pense : « Ma bicyclette fonctionne mal. Il faudrait que je resserre la roue, elle frotte d'un côté sur les freins. » Perdu dans ses pensées, il dessine une bicyclette sur son cahier. Il trouve qu'il

dessine

bien. Un jour, il a même gagné le premier prix de dessin des élèves de deuxième année. Pour être plus à son aise, il se lève et retourne son cahier pour faire deux belles roues rondes. Devant le résultat satisfaisant, il siffle et se met à chantonner. Il prend sa règle et suit le rythme de sa chanson en tapant sur son pupitre. Il faut toujours qu'il bouge quand il travaille. Ça l'aide à se concentrer.

Dominique observe M. Beausoleil qui commence à rougir comme chaque fois qu'il va se fâcher. Ça va éclater ! Pourtant, Sébastien ne fait pas exprès pour causer des problèmes. S'il faisait exprès, il essaierait au moins d'éviter les punitions !

Mais Sébastien est loin de remarquer la couleur de M. Beausoleil. Il ne pense plus qu'à terminer sa bicyclette. C'est plus fort que lui. Quand Sébastien a envie de faire quelque chose, il n'attend pas ! Sans même penser aux conséquences !

— Sébastien-les-nerfs, tu t'assois ! Et tu cesses de chanter ! crie M. Beausoleil qui continue de dicter de plus en plus fort : « … et le bateau disparut dans les eaux sombres, point final. » Vous remettez vos copies et vous sortez. Sébastien, toi, tu restes.

« Qu'est-ce que j'ai encore fait ? » se demande Sébastien en faisant signe à Dominique de l'attendre dehors.

— Sébastien, tu me copieras vingt-cinq fois : « Je cesse de bouger et j'écoute en classe. » C'est pour demain. Et tu dis à tes parents que je veux les rencontrer sans faute demain après-midi, à quatre heures ! Ça ne peut plus durer !

Sébastien quitte la classe. Il est inquiet. Il va encore se faire chicaner. De toute façon, il ne fait

jamais rien de bon. Dans la cour, il retrouve Dominique qui joue au ballon avec Simon, Geneviève, Victoria, Lani et Minh-Thi.

— Toi, les nerfs, débarrasse du jeu! dit Simon, s'adressant à Sébastien qui s'avançait pour jouer.

— Tu ne sais pas jouer, Sébastien, va-t'en! lance Victoria.

Dominique n'intervient pas pour protéger son cousin. Il sait très bien que Sébastien ne se préoccupe jamais des règles et qu'il fait toujours comme s'il n'y en avait pas. Un jour, il a même lancé le ballon dans les buts de son équipe! Il arrange le jeu pour gagner et, lorsqu'il perd, il se fâche.

Sébastien revient donc seul à la maison. Il est habitué d'être seul. Il sait qu'il n'est pas très populaire. Il se dit souvent qu'il est différent des autres.

Sur le chemin du retour, à bicyclette, Sébastien croise sa sœur Marie-Ève et ses amies. Parce qu'elle a honte de son frère qu'elle trouve « bébé, niaiseux et énervé », elle fait semblant de ne pas le voir lorsqu'il la salue de la main.

Rendu à la maison, Sébastien arrive en trombe dans la cuisine.

— Cesse de courir dans la maison, crie son père.

Pendant que je prépare le souper, occupe-toi de tes devoirs ! Tu sors de ta chambre seulement quand ce sera terminé ! Et puis fais ton ménage aussi !

— Tout à l'heure ! J'ai promis que je jouerais avec Dominique au parc ! Et puis, j'en ai pas de devoirs !

— Tu restes ici ! réplique son père.

Sébastien se fâche et crie : « Tu le fais exprès ! Je te hais ! » Puis il lance son sac d'école contre le mur. Les livres volent dans la pièce.

— Ramasse cela, ordonne son père.

— Non ! hurle Sébastien en claquant la porte de sa chambre.

— Tu resteras dans ta chambre pendant toute la soirée.

— Je m'en fous, réplique-t-il en allumant son Nintendo.

Comme le dit sa mère, c'est le seul jeu qui l'occupe plus de dix minutes. Pour occuper Sébastien plus de dix minutes, il faut une activité qui l'intéresse beaucoup !

Il reste devant son appareil jusqu'au souper.

Pendant le souper, les choses ne s'améliorent pas.

— Et alors, tu as fait tes devoirs ? demande son père.

– Oui, répond Sébastien. Il sait que ce n'est pas vrai, mais il a dit oui sans savoir pourquoi. Parce qu'il fallait dire oui. Sans réfléchir.

– À l'école ça c'est bien passé, je suppose ?

– Oui, très bien !

– M. Beausoleil vient d'appeler. Il paraît plutôt que ça ne va pas du tout ! Il veut me voir avec ta mère demain. Tu devais me le dire.

– J'ai oublié d'en parler. C'est ta faute, tu chicanes toujours !

« Bon, ça y est, encore un drame ! » pense Marie-

Ève. Elle n'en revient pas. Ce n'est pas elle qui pourrait répondre de cette façon. Elle passerait trois jours dans sa chambre !

— Et ta copie, tu as oublié aussi ? M. Beausoleil a dit que tu ne peux retourner en classe sans que ta copie soit faite.

« Ma copie ! C'est vrai ! » se dit Sébastien. Il comprend tout d'un coup qu'il aurait dû écrire la phrase qu'il doit copier. Trop tard ! Il l'a oubliée, comme

d'habitude, parce qu'il ne prévoit jamais les problèmes.

– Quelle copie? risque-t-il quand même.

– Je ne sais pas, mais il m'a dit que tu as une
copie à faire. Et puis, regarde ce que tu fais : tu mets
de la nourriture partout.

L'assiette de Sébastien est presque vide. Tout se

trouve à côté. Quand il parle, il faut toujours qu'il fasse des simagrées avec ses ustensiles. C'est pour mieux s'expliquer.

Mais Sébastien n'écoute plus. Perdu dans ses pensées, il cherche plutôt la fameuse phrase qu'il doit copier. Il ne peut même pas demander à Dominique, puisqu'il était déjà dehors quand M. Beausoleil la lui a dite.

« C'est bien moi, le niaiseux ! J'aurais dû l'écrire. »

Son père a tout compris. Il ne peut l'envoyer à l'école demain. C'est mieux d'attendre la rencontre avec le professeur. Le problème, c'est qu'il doit aller travailler. Il ne peut laisser Sébastien seul à la maison. Et personne ne veut le garder. Il y a bien sa grand-mère. Elle garderait avec plaisir Marie-Ève, mais sûrement pas Sébastien. Trop agité ! Épuisant ! Il est trop gâté ! « Pas surprenant avec des parents divorcés ! » répète-t-elle à qui veut l'entendre.

D'ailleurs son père ne va plus dans la famille avec Sébastien. Il préfère rester à la maison plutôt que d'être ailleurs, mort de peur à l'idée que Sébastien brise un meuble, arrache une plante, dise des platitudes, etc. Il y a bien sa marraine, Anouk, qui le garde à l'occasion mais, la semaine, elle travaille à la librairie. Elle, elle l'adore son « Seb ». Quant à Diane, la mère de Sébastien, il l'entend déjà lui dire qu'elle a assez de ses trois jours par semaine, que c'est suffisamment difficile avec les enfants de son nouvel ami sans y ajouter Sébastien qui n'en fait qu'à sa tête. Son ami l'appelle Sébastien-l'ouragan ! C'est tout dire.

Son père prendra congé. Pas le choix. Il trouve quand même que l'école pourrait s'organiser avec ses problèmes; après tout, les profs sont payés pour s'occuper de Sébastien !

Le soir, Sébastien entend son père et sa mère discuter au téléphone : « Je ne sais plus comment m'y prendre pour qu'il m'écoute. » « Depuis qu'il est

bébé que Sébastien a des difficultés. » « Il courait et touchait déjà à tout ! » Son père rappelle combien c'était difficile de trouver des gardiennes, tellement il était tannant ! Puis il parle de ses crises à la garderie chaque fois qu'il devait partager ou ranger ses jouets. À la maternelle, un grand de cinquième année était chargé de le surveiller dans l'autobus sinon le chauffeur refusait de le prendre !

Cette nuit-là, Sébastien s'endort très tard. Il n'aime pas sa vie. Trop plate. Il aimerait mieux ne pas exister. Et puis, sa tête est folle. Elle ne pense à rien, comme le dit sa mère. Il n'est peut-être pas intelligent ! Il cherche ce qu'il aime dans la vie.

C'est un vieux truc que lui a montré sa marraine, quand on n'est pas capable de dormir. Alors il pense à Dominique. Puis à la pêche. Il aime la pêche. Parfois, en compagnie de son père. Même seul, il raffole de la pêche. Il peut rester des heures dans une chaloupe à attendre les poissons. La preuve qu'il peut rester tranquille ! Aussi, il adore jouer aux cartes avec sa mère. C'est tout ce qu'il aime.

Le lendemain Sébastien, son père et sa mère se retrouvent à quatre heures à l'école. Dans le corridor, assis sur des chaises droites près du bureau des professeurs, les trois attendent M. Beausoleil. Pendant ce temps, Sébastien espère voir passer Dominique. Il chantonne en répétant le nom de Dominique, y ajoutant de petits cris. Comme le dit Marie-Ève : « De petits cris qui font penser à un canard qu'on écrase. »

— Cesse de faire du bruit ! ordonne son père qui trouve que ça va suffisamment mal comme cela.

Chaque fois qu'une porte s'ouvre, Sébastien se lève pour voir qui passe.

— Reste assis, répète continuellement sa mère.

Sébastien s'assoit sur sa chaise et bat des pieds. Chaque fois qu'il balance les pieds, sa chaise frappe sur le mur !

— Sébastien, a-r-r-ê-ê-ê-t-e pour l'amour ! rugit sa mère. « Il me tuera, cet enfant », se dit sa mère en se frottant les tempes pour détendre ses nerfs. C'est un truc qu'elle a pris dans une revue tandis qu'elle attendait chez le dentiste ! Mais Sébastien est incapable d'arrêter de bouger. C'est plus fort que lui. Alors il tourne dans tous les sens un bouton de manteau qu'il ne tarde pas à arracher. « Bravo ! dit son père en lui enlevant le bouton des mains. J'avais justement envie de coudre un bouton ce soir ! »

M. Beausoleil arrive, l'air pressé, et fait entrer tout le monde dans son bureau.

– Écoutez, ce ne sera pas long. J'avais besoin de vous voir pour obtenir votre permission. Même si Madeleine revient bientôt, j'ai décidé d'utiliser un isoloir pour Sébastien. C'est mieux pour lui, pour les autres élèves et pour moi ! Parce que Sébastien dérange trop.

Pendant que M. Beausoleil parle, Sébastien n'écoute pas. De toute façon, il n'écoute jamais personne très longtemps parce qu'il a trop d'idées qui viennent dans sa tête. Il essaie plutôt d'ouvrir le tiroir du petit pupitre devant lui. Il ne peut pas voir un tiroir sans essayer de l'ouvrir ! Le tiroir ne semble pas verrouillé, mais il n'ouvre pas ! Étrange ! Sébastien tire et tire en appuyant ses pieds contre le meuble. De plus en plus fort. Il arrache la poignée. Dans un vacarme épouvantable, Sébastien s'étend de tout son long, la chaise à l'envers. La mère de Sébastien recommence à se frotter les tempes. M. Beausoleil est plus rouge que jamais. Le père de Sébastien réplique à la secrétaire, venue vérifier, que tout va pour le mieux, au contraire !

Heureux que les choses en restent là, les parents de Sébastien acceptent l'idée d'un isoloir pour Sébastien. Ils expliquent à Sébastien, qui n'a pas compris, ce que veut dire le mot « isoloir ».

– Ça veut dire que tu auras un coin de la classe juste à toi. Avec un paravent pour que tu ne sois pas dérangé. Inquiet, Sébastien ne dit rien.

Le lendemain, Sébastien retrouve son pupitre caché par un grand carton comme ceux qu'on utilise pour emballer les réfrigérateurs. Il ne peut plus voir les élèves à côté de lui.

– Dans ta cage, les nerfs! lui lance Simon en passant près de lui.

Humilié au début par les farces des autres, Sébastien s'habitue ensuite à son coin. Toutefois, il n'écoute pas plus en classe. Il s'occupe plutôt à dessiner sur le carton de son isoloir.

Les choses ne vont pas si mal jusqu'au vendredi, le jour même où M. Beausoleil annonce le retour de Madeleine, le lundi suivant. Sébastien commence à percer de petits trous dans le carton, pendant que les élèves font des mathématiques.

M. Beausoleil décide d'abord d'ignorer les petits bruits du crayon qui défonce le carton. Sébastien réussit à faire un trou assez grand pour voir, puis un autre qui lui permet de passer un doigt. En apercevant le doigt de Sébastien, Simon se met à rire très fort malgré les menaces de copies de M. Beausoleil. Plus Simon rit, plus Sébastien agite son doigt dans tous les sens. Dans le fou rire général, M. Beausoleil, qui n'arrive plus à maintenir l'ordre, envoie Sébastien chez la directrice.

Quand les élèves arrivent le lundi, il n'y a plus d'isoloir dans la classe. Sitôt de retour, Madeleine a décidé avec la directrice de mettre fin à cette expérience pas très réussie. Mais les problèmes de Sébastien sont loin d'être réglés. Ça ne va guère mieux à l'école. Quelques jours plus tard, un événement important se produit…

La mère de Sébastien, qui est retournée chez son dentiste (qui la fait toujours attendre), lit un article sur l'hyperactivité. On y explique que ce trouble, appelé « déficit d'attention-hyperactivité », est un problème biologique qui touche trois enfants sur cent.

Parce que certaines parties spécialisées du cerveau font mal leur travail, les enfants hyperactifs ont des problèmes d'attention, d'agitation et de contrôle de leurs réactions que les autres ne connaissent pas. D'ailleurs, plusieurs parmi eux doivent prendre un médicament qui agit sur les parties du cerveau qui sont responsables de ces problèmes. Souvent, sans cette aide supplémentaire, les enfants hyperactifs peuvent difficilement apprendre à l'école, avoir des amis ou être heureux à la maison. Et cela, malgré beaucoup d'efforts !

La mère de Sébastien comprend que, pour les

enfants qui ont un déficit d'attention-hyperactivité, il est plus difficile d'être attentifs, obéissants et
calmes. Quand elle lit tous les problèmes que rencontrent ces enfants à l'école et à la maison, elle reconnaît
tout de suite ceux de son fils. Elle en parle au père de
Sébastien qui, lui, en discute avec Madeleine.

Pendant quelque temps, les parents de Sébastien,
Madeleine, la psychologue de l'école et un médecin

étudient ses difficultés à l'école et à la maison. Sébastien doit même faire des exercices qu'il trouve amusants. Ils évaluent ses capacités d'attention, ses réactions et son agitation qui persiste depuis qu'il est tout petit. Tout le monde est d'accord : il a bien un déficit d'attention-hyperactivité !

Quelques semaines plus tard, Madeleine explique en classe les problèmes que cause le déficit d'attention-hyperactivité. Elle explique d'abord comment le cerveau s'occupe de contrôler nos pensées et notre comportement. Grâce à lui, on peut se concentrer longtemps sur des tâches moins intéressantes. « Même quand c'est super plate à l'école ? » demande Simon. « Surtout si c'est super plate, le cerveau doit alors travailler plus fort ! » répond Madeleine. « Bien répondu à cette tête de nœud ! » pense Minh-Thi qui, elle, aime tout à l'école, sauf Simon !

Madeleine continue : « Le cerveau nous permet aussi de maîtriser nos réactions pour éviter les problèmes. Ça évite de dire n'importe quoi ou de faire n'importe quoi, juste parce qu'on en a envie. (Comme Simon ! manque d'ajouter Minh-Thi.) Grâce à notre cerveau, on peut prévoir les conséquences de ce que l'on fait et réfléchir avant de parler ou d'agir ! » (Ce qui convainc Minh-Thi que Simon n'a probablement pas de cerveau !)

Madeleine explique que le déficit d'attention-hyperactivité est justement un trouble qui complique le contrôle des pensées et du comportement. Quand on a ce problème, penser longtemps à la même chose demande beaucoup d'efforts. Même si on est très intelligent ! Parce que cela exige trop d'efforts, nos pensées se promènent continuellement. Sauf quand

on fait des activités très très intéressantes. Alors, c'est plus facile de garder son attention. « Comme moi à la pêche ! » songe Sébastien.

De plus, on a besoin de bouger constamment, ce qui est souvent très énervant pour les autres. « Hein, Sébastien ! » lance Simon. Madeleine regarde Simon, avec un de ses sourcils un peu plus haut que l'autre et plein de petits plis sur son front. Simon avale sa gomme à mâcher avec un petit bruit de grenouille et ne dit plus rien.

Pendant les explications de Madeleine, Dominique n'a pas dit un mot. Lui, il ne pose pas de questions en classe parce qu'il n'aime pas que les autres le regardent. Il a toujours peur que sa question soit stupide et que tout le monde parte à rire. Il est heureux de savoir que ce n'est pas la faute de Sébastien s'il énerve les autres. Sachant que Sébastien ne fait pas exprès d'agacer les autres, il est plus facile de rester son ami et de prendre sa défense quand il fait des gaffes! Dominique est aussi content d'apprendre que bouger aide les enfants comme Sébastien à se concentrer. Ce qu'il peut être énervant parfois, le cousin!

Quant à Sébastien, il comprend que pour faire les activités moins captivantes à la maison et à l'école, il peut prendre de petits moyens pour s'encourager à travailler. Il peut aussi apprendre à maîtriser ses réactions. Ne pas toujours dire ce qu'il pense ou ne pas toujours faire ce qu'il veut, même si c'est plus difficile pour lui que pour les autres.

Pour aider Sébastien, Madeleine place son pupitre tout près du sien. Juste à coté de la très sage Minh-Thi qui ne répond jamais quand on lui parle durant la classe. Sébastien passe également de petits contrats avec Madeleine afin d'améliorer le contrôle de son attention et de son comportement. Madeleine divise les tâches trop longues en petites parties, ce qui aide Sébastien à garder son attention. Et puis, il peut obtenir des points qui lui donnent quelques privilèges, et ça l'encourage ! Il a aussi un petit cahier qu'il doit faire signer chaque soir par son père.

À la maison, Sébastien trouve des trucs pour surmonter ses difficultés. Par exemple, plutôt que de faire ses devoirs seul dans sa chambre, il étudie maintenant dans la cuisine pendant que son père

prépare le souper. Parce qu'il a des difficultés à s'organiser, son père détaille avec lui ce qu'il doit faire avant qu'il puisse jouer avec son Nintendo. Et puis, une fois par semaine, ils font ensemble une activité qui les amusent tous les deux ; ils gardent ainsi un bon moral malgré tous leurs problèmes !

Maintenant, Sébastien est plus heureux. Il comprend qu'il n'est ni stupide ni mal élevé. Il est normal. Comme d'autres ont besoin de lunettes pour mieux voir, lui a besoin d'une aide particulière pour apprendre à maîtriser son attention et son comportement. À cause d'un problème biologique. Souvent, pour s'encourager, il se dit qu'il n'est pas le

seul aux prises avec ce problème. Et puis, parce que les autres élèves comprennent mieux ses difficultés, ils lui en veulent moins. Depuis, il a plus d'amis.

Malgré toutes les explications de Madeleine, Simon, lui, n'est pas sûr de bien comprendre. Un jour,
au retour de l'école, il prend Dominique à part pour
lui poser quelques questions.

— Ça veut dire que, lorsqu'on est tannant, c'est
moins grave si on a un déficit d'attention-hyperactivité ? » demande-t-il à Dominique d'un air
intéressé.

— Ça veut juste dire que c'est plus difficile de se
tenir tranquille quand on a un déficit d'attention-
hyperactivité ! répond Dominique.

Mais Simon ne comprend toujours pas. Alors Dominique ajoute :

– Ça veut dire que, même si Sébastien te dérange, il ne le fait pas toujours exprès, comme quelqu'un qui est sourd ne fait pas exprès de ne rien entendre.

Alors, Simon comprend.

FIN

MOT AUX PARENTS ET AUX ÉDUCATEURS

Qu'est-ce qui ne va pas avec Sébastien ?

Les enfants comme Sébastien sont souvent identifiés aux élèves incorrigibles, inattentifs en classe et qui désobéissent systématiquement à leurs professeurs. Ils donnent l'impression de n'en faire qu'à leur tête et de défier toute forme d'autorité. M. Beausoleil et les parents de Sébastien croient qu'il ne fait pas d'efforts pour rester tranquille. Sa grand-mère accuse ceux qui l'éduquent : pour elle, c'est un mal élevé ! Beaucoup d'enfants, à l'instar de la sœur de Sébastien, le trouvent stupide et énervant. Sébastien lui-même est sévère à son égard : il croit qu'il n'est pas intelligent ou qu'il n'a pas de cerveau.

Rien de cela n'est vrai. Sébastien a des difficultés particulières à la maison, à l'école et avec ses amis à cause d'un trouble du développement que les spécialistes appellent le « déficit d'attention-hyperactivité ». Nous savons aujourd'hui que ce trouble est indiscutablement lié à un problème biologique.

Le déficit d'attention-hyperactivité se manifeste chez les enfants par des problèmes d'atten-

49

tion ainsi que par des comportements agités et impulsifs observables dès avant l'âge de sept ans. Leurs difficultés d'attention s'expriment par une incapacité de se concentrer, de planifier ou de terminer une tâche. L'agitation et l'impulsivité sont remarquables par l'inaptitude qu'ont ces enfants à rester tranquilles ou à s'organiser ; ils ont aussi tendance à faire et à dire des choses sans réfléchir.

Somme toute, les manifestations du déficit d'attention-hyperactivité contraignent les parents et les éducateurs à une épuisante surveillance ainsi qu'à une ingéniosité devant être constamment renouvelée afin d'éviter le pire… Pour aider ces enfants, il faut bien comprendre la nature de ce trouble.

Sébastien a un DÉFICIT

Le terme DÉFICIT veut dire « MANQUE ». Il manque à Sébastien des capacités de contrôle de son attention et de son comportement dont les autres enfants disposent naturellement. Comme d'autres enfants ont besoin de lunettes en raison d'un déficit visuel, Sébastien nécessite une aide particulière pour compenser les problèmes qu'entraîne son déficit d'attention-hyperactivité.

Sébastien a un déficit D'ATTENTION…

À cause de son déficit, Sébastien éprouve des difficultés à contrôler ses pensées. Dans la plupart de ses activités, à l'école et à la maison, il a de la difficulté à penser à CE qu'il faut, AU MOMENT où il le faut, et AUSSI LONGTEMPS qu'il le faut !

Premièrement, son attention se déplace continuellement. Sébastien est excité par tout ce qu'il y a autour de lui. Ses pensées se promènent tel un papillon dans un grand champ de fleurs. Il est à l'affût de tout ce qui se passe et rien ne lui échappe ! Les idées se bousculent dans sa tête. Pendant la dictée de M. Beausoleil, il pense à tant de choses intéressantes, tout ce qu'il voit ou entend le ramène à autre chose qu'à ce qui se déroule en classe : le calendrier lui rappelle les vacances, puis il pense à Dominique, ensuite à sa bicyclette, à ses succès en dessin, etc. Entraîné par ses pensées, Sébastien passe d'une activité à l'autre. À certains moments, il se comporte comme s'il avait envie de tout faire et de tout voir en même temps ; d'autres fois, il ne sait pas par quelle activité commencer.

Le problème d'attention de Sébastien se révèle d'une deuxième façon : se concentrer longtemps sur la même activité lui demande beaucoup d'efforts. Cette difficulté est particulièrement évidente quand il doit faire une tâche moins gratifiante. Seules les activités les plus stimulantes pour lui retiennent son attention. À cause de son déficit, Sébastien doit investir beaucoup plus d'énergie que ne le fait un autre enfant pour accomplir une tâche moins intéressante ; pour cette raison, il abandonne plus facilement.

Par exemple, Sébastien peut se concentrer et jouer longtemps avec son Nintendo ou pêcher plusieurs heures. C'est que ces deux activités lui procurent un plaisir immédiat, contrairement à la dictée de M. Beausoleil. Les autres enfants restent attentifs en pensant par exemple au plaisir de la récréation qui s'en vient ou à celui d'obtenir une bonne note. Sébastien, lui, doit éprouver sans délai du plaisir pour parvenir à se concentrer! Voilà pourquoi, quand une activité est difficile, les enfants comme lui doivent constamment être encouragés. Comme si, tout seuls, ils n'arrivaient pas à se stimuler.

De façon générale, les activités quotidiennes deviennent rapidement moins captivantes pour ces enfants. L'intérêt diminuant, leurs pensées vont ailleurs. Plus une tâche est routinière ou frustrante, plus c'est difficile, pour l'enfant qui a un déficit d'attention, de persévérer à la faire.

Sébastien a un déficit d'attention-HYPERACTIVITÉ

Le mot « HYPERACTIVITÉ » se rapporte aux comportements. Ce trouble du développement entraîne chez les enfants une difficulté à contrôler leur comportement. Premièrement, ils bougent sans arrêt, ce qui les aide à bien se sentir et même à se concentrer! Ce besoin constant de mouvement contraint d'ailleurs leurs éducateurs à faire preuve d'une très grande ingéniosité pour qu'ils apprennent tout en dépensant leur trop-plein d'énergie.

Les difficultés de ces enfants s'expriment, deuxièmement, par l'immédiateté de leur réactions et le peu de conscience qu'ils ont des conséquences de leurs actes. Cela les amène quelquefois à adopter des comportements qui mettent en péril leur propre sécurité. Ainsi, comparativement aux autres enfants, ils risquent davantage d'être victimes d'accidents.

Cette tendance à agir sans réfléchir explique les difficultés que ces enfants éprouvent à respecter les règles. Sébastien fait les choses au moment où il en a l'idée. Par exemple, voilà qu'il a l'idée de dessiner une bicyclette durant la dictée. Alors il dessine une bicyclette! Quand il agit, Sébastien ne pense qu'au moment présent. Il dit des paroles qu'il regrette et fait des choses qui lui causent des ennuis. Dans notre récit, il prend conscience trop tard qu'il aurait dû écrire la phrase qu'il doit copier; rendu à la maison, il est incapable de se rappeler cette phrase.

ATTENDRE avant d'agir est très difficile pour les enfants qui présentent un trouble d'attention-hyperactivité. Contrairement à d'autres enfants qui agissent sournoisement afin d'éviter des sanctions, eux ne prévoient pas ces punitions et ne se cachent pas du tout. Ils sont en conséquence plus souvent punis.

Les enfants comme Sébastien peuvent être très malheureux

D'abord, parce qu'ils se jugent parfois très durement, incapables de s'expliquer à eux-mêmes leur inattention et leur comportement inapproprié. Par ailleurs, ces enfants sont, souvent durant des journées entières, l'objet de critiques de la part de leurs parents, leurs professeurs et leurs camarades. Ils restent durant des semaines en punition ! Pas surprenant alors qu'ils acquièrent le sentiment de ne rien faire de bon !

Ils ne semblent pas apprendre de leurs erreurs. Parce que leur conduite problématique persiste malgré tous les avertissements, on croit, à tort, qu'ils veulent volontairement créer des difficultés. Pourtant, si cette volonté était réelle, les jeunes comme Sébastien ne seraient pas malheureux et seraient du moins satisfaits d'avoir réussi à faire enrager les autres !

Les causes du déficit d'attention-hyperactivité

Contrairement à ce que l'on croyait auparavant, le déficit d'attention-hyperactivité n'est pas causé par une éducation problématique ou par une mauvaise alimentation. Il n'est pas signe, non plus, d'une moindre intelligence. Beaucoup de choses restent à découvrir sur ce trouble qui handicape de 3 % à 5 % des enfants et qui touche trois fois plus de garçons que de filles.

Les chercheurs tentent encore de comprendre les causes du déficit d'attention-hyperactivité. Ils ont découvert que certaines parties du cerveau, responsables du contrôle de l'attention, de l'activité et des réactions fonctionnent au ralenti chez ces enfants. Il apparaît très clair que, pour ceux-ci, il est plus difficile d'être attentifs, obéissants et calmes !

On sait que les enfants qui viennent d'une famille où un

parent a un déficit d'attention-hyperactivité risquent davantage d'avoir ce problème à la naissance. Tout comme on a plus de chance d'être blond si son grand-père l'était !

L'évaluation du déficit d'attention-hyperactivité

Le diagnostic de ce trouble est complexe et nécessite une étude approfondie. Tous les enfants sont agités un jour ou l'autre. Ils ont des difficultés à maîtriser leur attention et leur comportement, quelquefois durant de longues périodes, surtout s'il y a un problème important à la maison ou à l'école. Toutefois, tous ces enfants n'ont pas nécessairement un déficit d'attention-hyperactivité ! Par ailleurs, ce trouble peut aussi être accompagné d'autres problèmes (d'apprentissage, par exemple) qui contribuent aussi aux difficultés des enfants à la maison et à l'école. Il faut donc bien distinguer ce qui relève du déficit d'attention-hyperactivité de ce qui relève d'autres problèmes.

Parents, professeurs, psychologues et médecins doivent participer ensemble au diagnostic, parce qu'il est facile de se tromper. Ils doivent aussi faire l'historique des problèmes que l'enfant présente depuis son jeune âge.

Que faire pour aider ces enfants ?

Fort heureusement, avec une aide appropriée, ces enfants peuvent éviter d'accumuler échec sur échec à l'école. Il est aussi possible pour eux d'échapper à la détérioration progressive de leurs relations avec ceux qui les côtoient. Autant de revers qui contribuent au développement de sérieux problèmes d'adaptation !

Savoir qu'ils sont différents

Ce livre peut être utilisé pour que l'on connaisse les difficultés que rencontrent quotidiennement les enfants qui présentent un déficit d'attention-hyperactivité… Les gens qui entourent ces jeunes pourront plus facilement les aider s'ils sont bien renseignés. Plutôt que de mal interpréter les comportements de ces enfants, ils diminueront leurs attentes et se montreront plus tolérants. « Quand on sait que ce n'est pas leur faute, c'est plus facile de les aider », me confiait une élève, à la lecture de l'histoire de Sébastien. Les enfants aux prises avec ce déficit seront aussi plus heureux avec des personnes qui connaissent, comprennent et acceptent leurs difficultés.

Chercher avec eux des moyens pour développer un meilleur contrôle de leur attention et de leur comportement

Il faut « chercher », parce qu'il n'existe pas de solutions miracles au déficit d'attention-hyperactivité ! Comme me l'affirmait la mère de deux enfants hyperactifs, trouver constamment de NOUVELLES façons d'encourager les jeunes qui ont ce problème représente un énorme défi! Les trucs s'usent rapidement…

Tirer profit de l'expérience des autres et lire sur ce sujet est très utile pour découvrir des façons d'aider ces enfants à compenser leur déficit. Le livre *Ces enfants qui bougent trop* (Quebecor, 1992) est un exemple de publication accessible au profane et très bien documentée où les auteurs (C. Desjardins m.d. et S. Lavigueur Ph.D.) consacrent plusieurs chapitres à l'accompagnement quotidien de ces enfants.

Il est précieux de connaître quelques clefs importantes pour éviter de s'épuiser : par exemple, s'il faut diminuer ses attentes, il faut aussi maintenir des exigences très claires et stables et éviter les éternels avertissements sans conséquences. Les petites gratifications fréquentes et à très court terme sont préférables aux récompenses plus grosses mais plus éloignées (oubliez la bicyclette à la fin du mois !). De petits contrats qui permettent d'accumuler des points afin d'obtenir un objet ou un privilège donnent souvent de bons résultats.

Bien connaître les situations où l'enfant rencontre le plus de difficultés est aussi indispensable. Il est alors possible de clarifier d'avance avec lui les comportements attendus. Il sera plus simple pour lui d'accomplir tâches et travaux scolaires s'il sait exactement ce qu'il doit faire. Par exemple, le père de Sébastien peut préciser avec lui les étapes qu'il doit suivre pour faire son « ménage » avant qu'il puisse jouer avec son Nintendo (plier son linge, nettoyer le dessus de sa commode, ranger le premier tiroir, etc.).

S'entendre avec l'enfant sur de petits objectifs dont les

résultats sont évalués chaque jour peut favoriser l'acquisition d'une meilleure maîtrise de ses réactions et de sa conduite. Un tel fonctionnement a aussi pour avantage de nous permettre, en tant qu'éducateurs, de maintenir des attentes réalistes. Il est facile d'oublier les défis supplémentaires qu'imposent la vie scolaire et la vie familiale aux enfants qui présentent ce déficit.

Savoir qu'un médicament peut aider!

Certains médicaments agissent sur les parties du cerveau responsables du contrôle de l'attention, de l'agitation et des comportements impulsifs. Leur action permet à beaucoup d'enfants comme Sébastien d'obtenir un contrôle suffisant pour que les défis que présente le quotidien (à l'école, par exemple) soient à leur portée. Dans de nombreux cas, la prise de médicaments facilite grandement les efforts des enfants tout en diminuant les difficultés liées à leur déficit. Le recours à un médicament impose cependant un diagnostic adéquat et un suivi médical rigoureux.

Tout comme les parents de Sébastien devront le faire, chaque parent doit choisir entre encourager ou non son enfant à prendre des médicaments qui l'aideront à améliorer ses efforts d'autocontrôle. Il s'agit d'un choix personnel qui doit tenir compte du prix que l'enfant paie pour ses difficultés. L'enfant qui vit échec sur échec à l'école, qui accumule punition sur punition et dont les relations avec les autres se détériorent acquiert une image négative de lui-même. Il risque de développer des problèmes personnels importants qui s'ajouteront aux difficultés que lui cause déjà son déficit. Dans certains cas, refuser les médicaments, c'est l'équivalent de priver un myope de lunettes… Les lunettes, ça ne remplace pas l'effort qu'il faut faire pour étudier, mais ça aide !

L'histoire du cousin de Dominique illustre les difficultés que rencontrent les enfants hyperactifs et suggère quelques pistes qui pourraient les aider. Elle est destinée à tous les jeunes qui sont appelés à côtoyer ces derniers. Ceux qui vivent avec ce trouble de développement trouveront dans cette fiction l'assurance qu'ils ne sont pas seuls aux prises avec ce problème. Quant aux éducateurs, ils y verront une occasion d'information et d'échange avec les enfants pour établir la complicité nécessaire afin de soutenir ceux qui présentent un déficit d'attention-hyperactivité.

JEAN GERVAIS,
Professeur en psychoéducation
Université du Québec à Hull

Notes

*Toute personne ayant des commentaires, remarques ou
suggestions à transmettre à l'auteur de ce livre
peut lui écrire à l'adresse suivante :*

*Jean Gervais, Éditions du Boréal
4447, rue Saint-Denis, Montréal (Québec) H2L 2L2*

Remerciements

L'auteur tient à remercier le Dr Claude Desjardins (La Ressource), le Dr Suzanne Lavigueur (Université du Québec à Hull), et le Dr Francine Lussier (hôpital Sainte-Justine) qui ont partagé leurs connaissances du déficit d'attention-hyperactivité et ont fait montre d'une grande disponibilité pour la révision de cet ouvrage.

Il exprime également sa reconnaissance aux parents et aux enfants qui ont témoigné de leur expérience et contribué par leurs commentaires à enrichir ce manuscrit. Il remercie Victoria Kavanagh et Annie Lussier, ainsi que Sylvie, Myriam et Alain Vézina. Pour la révision du texte, les commentaires et les suggestions, il tient à souligner le travail de Yolande Lavigueur, de Micheline Baril, de la Commission scolaire de La Baie des Ha! Ha!, des élèves et des professeurs de l'école Saint-Alphonse – notamment ceux des classes de sixième année et leurs enseignantes Françoise Girard et Micheline Reid, ceux de cinquième année et leur enseignante, Lucie Lévesque, ainsi que ceux de la classe ressource de Lucie Tremblay. L'auteur remercie également Raynald Gagné et ses élèves de l'école Sainte-Thérèse, Lynn Bérubé, Linda Denis et les élèves de cinquième année de la classe de Luce Lavoie (École centrale, à La Tuque).

Les travaux de Barkley (1990, 1995), de Desjardins (1992), de Falardeau (1992), d'Ingersoll (1988, 1996), de Lavigueur (1996) et de Parker (1991) ont contribué à inspirer cet ouvrage.

Pour l'accès à la documentation et pour la collaboration aux activités de recherche, il remercie le personnel de la bibliothèque et de l'audiovisuel de l'Université du Québec à Hull, Minh-Trinh (G.R.I.P., Université de Montréal), Lena Eubel, Erika Engelbrechten et Martha Baker (International Youth Library, Munich).

Enfin, l'auteur remercie Lyse Desmarais-Gervais pour son indéfectible complicité, ainsi que Danielle Marcotte pour la pertinence de ses critiques et suggestions.

L'auteur

Jean Gervais est né à Montréal. Après une vingtaine d'années de travail clinique auprès des enfants, il termine des études doctorales et est professeur en psychoéducation à l'Université du Québec à Hull. Spécialisé en psychologie de l'enfant et en psychothérapie, il partage son temps entre des activités d'enseignement et de recherche sur les difficultés que vivent les enfants. Il allie son talent naturel de conteur et son amour des enfants à ses préoccupations professionnelles.

Outre des articles parus dans des revues spécialisées, l'auteur a également publié pour les jeunes *C'est dur d'être un enfant*.

Le Cousin hyperactif est le neuvième livre de Jean Gervais dans la collection « Dominique ».

L'illustratrice

Caroline Merola a fait un baccalauréat en arts à l'université Concordia et est illustratrice à la pige depuis une dizaine d'années pour de nombreuses maisons d'éditions et divers organismes tels qu'Amnistie Internationale. Elle est également l'auteur de plusieurs bandes dessinées, dont *Ma Meteor bleue,* prix Onésime du meilleur album en 1990.

MISE EN PAGES ET TYPOGRAPHIE :
LES ÉDITIONS DU BORÉAL

ACHEVÉ D'IMPRIMER EN AOÛT 1996
SUR LES PRESSES DE L'IMPRIMERIE LITHO MILLE-ILES
À TERREBONNE (QUÉBEC)